**douglas laurindo**

mora em Manaus (AM). É professor de língua portuguesa, escreve, edita e se dedica à pesquisa. *O limiar das fendas* é o primeiro livro que publica.

# O LIMIAR DAS FENDAS

douglas laurindo

**editora Urutau**
primeira edição
2022

O —

**editora Urutau**

rua do cajú, 478,
jardim das cerejeiras
06724-015
cotia-sp (brasil)

rua manuel pacheco nobre, 128 - 5º esquerdo
2830-080
barreiro (setúbal)
portugal

[+351] 928053619 [portugal]
[+55] 11 9 4859 2 426 [brasil]

www.editoraurutau.com.br
contato@editoraurutau.com.br

[EDITORA]
debora ribeiro rendelli
[REVISÃO]
juliana palermo
[PROJETO GRÁFICO]
wladimir vaz
[COORDENAÇÃO GRÁFICA]
tiago fabris rendelli
[DIAGRAMAÇÃO]
victor h. azevedo
[CAPA]
victor h. azevedo, sobre pintura de raffaello sanzio



**dados internacionais de catalogação na publicação (CIP) de acordo com ISBD**

laurindo, douglas
L385l o limiar das fendas / douglas laurindo. - cotia : urutau, 2022. 64 p. ; 14cm x 19,5cm.

ISBN: 978-65-5900-333-4

1. literatura brasileira. 2. poesia. I. título.

CDD 869.1
2022-2796 CDU 821.134.3(81)-1

elaborado por vagner rodolfo da silva - CRB-8/9410

## sumário

### PARTE I — BICHAS, RISO & FURO

para meus pais, Deusdete e Elcivaldo,
meus irmãos, Diovane e Diovana,
e à memória de Maria Sebastiana Guedes.

[...] essa obra por fazer exigia essa vida.

**Merleau-Ponty**

# PARTE I
# BICHAS, RISO & FURO

## iconoclastia

ser iconoclasta sem,
no entanto,
esquecer-se das origens.

## gênesis

no princípio, foi lilith e gael,
mulher e bicha expulsas do paraíso
por razões eróticas.
posicionar-se implica fato e falo.
não aceitando o macho a subversão,
a máscara que cai revela o ovo que chora:
— *papai resolve*, diz-se no sétimo dia.
fenda da maçã à venda na história.
gael, amuleto da coruja,
tentando consolá-lo da decisão oposta,
apalpa a vara de adão, que quase acata,
não fosse o sapo-cururu à espreita.
a baba da bicha sujou as folhas do éden,
foi escorraçada e condenada.
hoje, dizem que senta e rebola
em cima dos círculos
ao som de Valesca Popozuda.

**fratura da colonização**

tibira do maranhão: o d das á-
corpo amarrado ao canhão, i em -tomos,
teve sua cultura e epiderme expl- *(o)* transformadas
a mando do entomólogo d'évreux,
cujo nariz etnocêntrico também soa
como inseto rasteiro e abjeto.

das partes do corpo laceradas,
fundiram-se a outros rasgados
as matérias da sobrevida:
o dedo, língua e sonante gogó.

para se refazer uma costa inteira,
além da tripa, grito e cinza,
bastam o erro francês e duas memórias.

## escambo

os átomos da explosão
fazem o cavalo alado.
não há reboco de caravela
que impeça
a expansão do corpo.
o espelho, em vez de escambo,
é também a porta de entrada:
as gárgulas de um continente
                              em
                         queda
sobrevoam
devoram as graúnas e peças.
o caráter insurgente da antropofagia
é a única artilharia, já que as novas,
vendo o sangue das anciãs,
comem-nas em ritual histórico.
predam caçador armado,
arrancam as cruzes,
preenchem as valas,
inabitam as câmaras,
descolorem o triângulo rosa,
derrubam *bestilha*.
o monstro da vera cruz

deu o espelho desconjunto
e também a história.

## frankenstein

é da sarjeta sem asfalto que nasce a criatura
de rasa matéria e pouca espessura.
primeiro, o homem revira o baú indigesto,
cola molambo à cabeça, abre os dutos,
enche-os de adubo, medo e chiste.

antes de levá-la ao palco-mundo,
enfia por entre suas munhecas as cordas invisíveis.
são elas que suspenderão piada e cabeça injetada.
plateia desfaz-se em riso, insulto e ovos à cara.

a criatura adubada não corre    nem se quisesse poderia:
artérias femoral e ilíaca esburacadas a paralisam.
sua condição de besta subalterna a encaixa no mundo
o espetáculo se repete                    século após século
                                esperar o tempo dos miolos.

## formação do imperativo

quando comia peixe, não sabendo segurá-lo,
meu pai esbravejava seja homem —
eu me fechava.
quando veio boato de carta entre mim e o menino,
jogador peludo e perna torta por quem nutri desejo,
daquele em que o querer é abismo e sentença,
seja homem foi uma palmatória —
eu me fechava.
quando pulava corda, não em volta do pescoço,
embora brincar se revista em morrer,
seja homem já pouco existia —
eu me abria:
só quando calçado o tamanco, pulado barranco,
corrido de insulto e erguido o queixo,
entendi que seja homem,
do imperativo afirmativo,
eu sempre fora.
não o homúnculo perverso de peito estourado,
mas a bicha vaiada da pele rasgada.

## hiena presidencial

o riso abdicou do tom corpóreo
e do reflexo histórico-intuitivo.
passou a ser emitido, e só,
por aqueles em cuja posição de caça,
cor e poder acreditam.

o caçador que sobre duas pernas
espreita, abjeto e alheio, tantas outras
carnes das quais o presidente da savana,
de soslaio e certo enjoo, desfez-se com
pretensão de um quadro institucional novo.

presa preta, indígena e tal da fêmea,
o artigo um lhes assiste à regressão ao campo,
à mata e a casa, com direito ao silêncio,
pão e água. agora, quanto àquelas
presas afeminadas e transtravestilizadas,
confira, sr. juiz: o estado assegura-lhes só a calçada?

a resposta das hienas é sim, enquanto se desfazem,
no grande palácio, em gargalhada, e escoam
baba sebenta, nojenta como o pão doado
às espécies do ecossistema

sem vida e garantia,
a respeito das quais recai
toda miséria e negligência vivida.

quando incumbida da limpeza nas redondezas,
a tropa carnívora sai em busca de corpos desencaixados
de toda barbárie, farsa e padrão antiético, repassados em cada abate,
entrevista e repressão diária.
senhor presidente, deve-se abordar para garantir?,
quis uma das hienas perguntar.
é claro, posto lema: torturar a fim de matar.

## corpo

O corpo mutilado é
aquele que perde o riso,
o remexo, o eixo.

É toda violação
que Esmael
e Paulete sofrem
sobre sua pele
e seu modo
de ser.

É o eu rasgado,
usurpado, renegado,
arrancado, lentamente,
pelas intuições
macabras e de poder,
cuja estrutura hegemônica
cis-normativa invalida a estética
de Joana e Ramona.

É todo discurso hediondo
e de desumanização
que sobre a bicha

despeja em despeito a uma
munheca abaixada e voz afinada
todo o ódio em decomposição.

É todo corpo que perde não
o membro, mas parcela
de humanidade.

É o corpo sagrado passando
do altar ao estábulo.

É o mesmo corpo de Jesus Cristo?
Talvez não,
porque Dandara
apedrejada,
morta
e filmada
não reverberou tanta comoção,
embora
entre pedras e detritos se desfizesse
um outro eu punido.

É talvez todo corpo que foi, é e será
subjugado e reduzido a isto,
o meu que, dada a manobra do acaso,
amanhã, peço a deus, não seja como
o de Itaberli carbonizado.

O corpo é anagrama de porco:
sou, por isso, passível de tanta
morte?

## pero vaz da língua

Entre as pernas do homem, há origem de um continente.
Nele, marés e ondas de saliva em boca levam, afônico, o ser
De um cais-testículo a uma ilha de extensão vertical e rígida.

Ela pulsa, mas só sobrevive quando o céu da boca, encharcado,
Atinge a superfície de sua terra brasílica e rega a vegetação-glande.
É a exceção de toda invasão: esta, não matando, implora e pede.

Quando a navegante-língua desbrava a extensão do mundo, sente,
Estática, que daquela seringueira não deve extrair o látex na tigela.
Português, pois, revertida, fecha-se no navio e parte até outras índias.

## acrobacia

Minha língua é trapézio
De que salta a palavra afiada.
Rejeita a sandice, vestida de medo,
E dá espaço ao pulo linguístico certeiro.
Não se acomoda ao ombro do interdito:
Prefere o dito nu ao não dito de lã.
Contrária a toda linguagem, causa,
Eco antiliberais, acerta no pulo:
Usa-me ou entalo-te.

## bicha: um bicho

a falange de heróis ocupa o campo,
desbrava a mata e depena o bicho.
não há leis, linhas ou lãs que parem.

dos jogos de hiperonímia das espécies,
a bicha é o hipônimo dissecado,
a bicha sem história ou regalo,
a bicha com a capa rasgada,
a bicha dispensada ou aviltada.

a falange de heróis extingue o bicho,
apaga-o das fotografias silvestres,
dos livros ou manuais didáticos.
bicha é predada e morta com pedra.
longe da que faz fogo, perto da que
[arranca agouro.

das estruturas de funcionamento biológico,
a bicha é célula interrompida por organelas
anticirculação e anti(trans)porte.

a falange quase nunca resguarda heróis,
compõe-se de outros bichos esqueléticos [~~frágeis~~

convencidos de que gaivotas e garças,
por serem penadas,
são mais monstruosas que eles mesmos.

## poema de cinco faces

Quando nasci, um anjo padrão
desses de Instagram
disse: vai, mona! ser oprimida na vida.

As casas espiam os pais
que correm atrás dos filhos
antes de expulsá-los:
esse é o fato.

Meu Deus, por que me abandonaste
se sabias que eu poderia morrer
se sabias que poderia ser morto.

Mundo mundo vasto mundo
se eu não fosse bicha,
qual seria a revolução?

Eu não devia te dizer
mas esse chão
essa *Like a Virgin*
botam a gente vivo como o diabo.

# PARTE II

# GAEL, AMOR & OUTROS TERRITÓRIOS

## I.

conheci-o na fenda da passagem.
cena-raio furada, breve e louca.
não nos podíamos ter, embora,
tácitos e babados, permitíssemos
que as duas varas latejassem,
à cata, ocas de preenchimento:
do mundo, de si, da boca no picolé
com sabor hortelã ou qualquer amor.

# G

o quarto é sismo:
entre mim e gael
[tudo se põe,
nada se desfaz].
ele, mão dentro da minha cueca,
silencia tempestade que quebra o copo,
copula entre os cacos do corpo,
cola com o suor a nossa boca aflita.

o quarto é cemitério:
os músculos prendem meus pulsos
e minha pequena ceifadora geme.
gael faz de mim eurídice invertida:
em vez de sumir, depois da vã promessa,
reencarno sempre, puído, frêmito.

é a língua dele na minha nádega
que me impulsiona a saquear caronte.
subo à terra das almas lânguidas,
enfrento o pão que dante amassou
para que eu me repita, me degluta,
me desate e ele me ame.

gael é a minha sede, em cujo peso,
nas costas do animal de carga que grita,
se contorce, faz acrobacia e dedilha,
acredita-se ser a sorte de um andarilho.

gael é seis, e eu nove.
anticlássico e nefelibata,
aceito essa caixa de duas bocas
e a religião que ela assegura.

## jogo perigoso

querido, não esqueça ou tire a capa,
porque ela nos encobre à meia-noite
e oculta nosso desejo-abismo avesso.

quando se esquece a capa, querido,
com alicate arrancam nossas unhas
ou a violência deixa marca no rosto.

a capa, querido, é o nosso antídoto,
posto enlace secreto sob os lençóis.
é um jogo bastante perigoso, saiba,

ficar sem capa. não somos incluídos.
só há segurança quando nosso corpo,
querido por nós mesmos, usa a capa.

*

*se esta revolução não me deixa foder até morrer/*
*é porque não é revolução nenhuma*
Adília Lopes

rasgue a capa
remende os restos
para que não sobre
sobre o mar nada
além de bijuterias de quinta
miçangas e calcinhas
também das quintas
dispor abaixo o ócio, o osso
o nosso gentílico medo
rasgar a capa
equivale ao figo do paraíso
ao sangue frutífero de abel
à concha torta de vênus
aos demônios da divina comédia
rasgar a capa
não é infectar,
mas habitar os troncos
reviver as células
agrupá-las ávidas
implodi-las sobre o ombro
fraturando o sagrado
arma da revolução

## animalia

gael come a mim:
fome ambiciosa
de antíloque duro,
ávido por júbilo.

os pulos são teias.
as gaias, fissuras.
juntas insinuam,
conectam tais ânsias.

gael masca a mim:
a língua ora áspera
invade os buracos
do nariz, as ancas
ou qualquer lascívia
tão aberta, ilícita.

gael depois disso
sempre sabe onde
pousar o seu mastro:
só nestes remansos
em que jazem olhos
lânguidos, salubres.

engulo-o no íntimo,
recolho-me ao ócio
garanto retorno
de gael antíloque.

## descoberta

homens abrem fissuras,
penetram famintos,
escorrem entre as camas.

gael e rasmin
esporraram-se inteiros.
depois dessa decapagem,
desfeito o pacto só meu,
certo que muito não restou.

os músculos e as rotas
foram péssimos enganos.
não há que revidá-los:

— a cavalaria românica
não chega a confins vulgares.

gael pôs o rasmin
entre mim, atravessando
as costas, tirando o choro
das pálpebras e domingo
com bolinhos de aveia.

duma porta à gaveta
de cueca jockstrap
resta um sentimento vão:
deixou-me de responder
às incontáveis mensagens,
fez spam no direct do falo
todo aquele carinho.

parece sempre mais fácil
debruçar-se sobre páginas
de moda e de poesia.
não correr mais riscos.

## elena

I.

elena roía dedos à porta.
diante de si, rios engolindo
só o sol, a tarrafa e dedos-homens.
lâmina áspera nas mãos    sorria,
feroz, ao olho da testa que boia.

II.

o tal pescador bêbado imergia a
olhos míopes, mandioca fugidia,
aquela pútrida, dali de uma casa
rasa: mito e baú do abandono.

III.

os filhos, e pensava ainda funda,
carecerão mentiras ou semente.
fuga com rita apagaria o sangue
preso no esteio do flutuante
presa também na alma a dor da surra:

IV.
ela, sendo mulher polpa do mato,
sabia silenciar, porque fêmea,
dizia avô: cala quando rolam
(aqueles) — os ouriços de castanhas,
de cabeça e de todos tais instantes.

V.
grito cor hematoma, odor cardume
morto, gosto de jazigo florido.
quase resta sustentação da ossada.
pelo que há da insurgência medrosa,
surge esta consumação sagrada:

VI.
o machado volta-se contra o punho.
não há coxa que esconda dionísio
do raio, da fúria de mãe ferida,
da mulher traída e trancafiada
no jirau diante da liberdade.

## casa

*para meu pai*

a casa só se torna com teus esteios.
janelas lígneas são olhos de astros.
as jaçanãs pousavam a admirar-te
as córneas, a caixa de pregos longos
e não temiam asas quando o cerrote,
artério e homem, construía paredes.

## o filho pródigo

retorno à minha casa
não como houvesse dado
o dos poucos bens herdados
mas para que lembre aqueles
em ausência das partidas:

o rosto fino e angélico
de minha mãe, que com mãos
e redemoinhos corta
as pimentas que cultiva
no fundo de casa
&
ela feliz sempre diz:
é caldeirada de peixe
afago a boca e o nariz
deixo o novilho de lado

é o riso de meu pai,
sol e galo das manhãs,
que com voz ríspida, doce,
chama dos nossos estômagos
o conforto das gargalhadas
ao redor da mesa de pau

&
não cansa de me encher
copo com café e pão

são as brincadeiras lúcidas,
carregadas de metáforas,
cheiro de talco e colônia
de meus dois irmãos novos
ao acordar todas as manhãs
&
dizer em tom alto e claro
daqueles que não escondem
amor: dormiu bem, mané?

retorno à minha casa
não como se a houvesse perdido
mas para recuperar
o que falta sendo longe

## estela

quando os olhos medusados
atravessaram meu corpo
e se fincaram atômicos,
nada de solto mais houve.

transformaram em vis gárgulas
as frágeis feridas d'alma
em cujas fendas morei.

estela sabia estrelas,
a ponto de colocá-las
todas, infinitas, em mim.

passo a narciso liberto:
levanto-me desta margem
no instante em que à flor
grito o desejo de mar.

## outros fins de penélope

desmaterializo as instâncias do tempo
à medida que reconheço, nas poças,
o rosto que se perde frente à espera.

sou Penélope errante e avessa:
dispo-me dos gansos, bois e enganos voo.
sem medo de usar a lã como descida e

encontro a mim mesma
nas manhãs e noites
por entre os
portais-bilaterais de Ítaca:

tecer o meu destino
sob a justificativa da liberdade,
do afã descanso e arbítrio.

o tempo materializa a busca por mim,
transforma-a em espelho ungido
sobre o qual se reflete a verdadeira
epopeia:

sobretudo, a mim *amavisse*
em vez de Ulisses.

## orar são

pai nosso que estais no céu,
tá osso
rogai por meus filhos
que sentem fome e frio
nem é preciso vir até nós
com todo o reino,
mas que seja feita,
só nessa época de vazante,
a vossa vontade,
assim na terra
como nos rios e igarapés
a macaxeira nos dai hoje,
perdoai as nossas descrenças
assim como a gente perdoa
o josé ladrão de bananeira
que me tem ofendido na igreja
e nos livrai de toda miséria
amém

## metamorfose

em alguns me transformei
para que se preenchesse
o visgo da minha ânsia.

para rapidamente você,
novo neste bairro
e de família religiosa,
aceitei ser amigo,
desde que escondido
porque pais não deixam
ou talvez não saibam
que o filhinho, ocioso,
se ajoelha para outros fins
às cinco.

em alguns me transformei
porque suponha que assim,
realocado às penumbras,
estava eu satisfazendo
a minha selvageria
inquieta, que se desfaz
sólida no ar, mas isso
só aprendi muito tarde.

em alguns me transformei,
inclusive, poetas e cineastas,
porque acreditei que o ofício,
caro para a palavra e imagem,
eterniza o que se tem afeto.

em arqueiros, cavalheiros,
ninfas, musas ou deuses,
quando dos nossos encontros
em quintal ou mato próximo.

continuei me transformando
até os meus dezessete anos —
idade em que se recebe bofetada
e também se conhecem os lugares

nos quais nem todos aceitam
as mais doces transformações.

em mais nenhum me transformei
quando você, já crescido e varão,
assumiu namoro com jamira,
a coroinha vesga da paróquia.

## contar aos dedos os dedos

1.
o poema com o metro
não faz parte do metrô
o poeta sem política
participa da milícia

2.
a arte orbita na rua
a rua é habitada
por um ser bicho sem chance
de ver a arte da rua
orbitando sobre ele

3.
a fome dá ao silêncio
várias e várias mordidas

4.
poeta está faminto
poema come o poeta
o processo é inverso
proteína é a mesma

5.
*não* rima com *salvação*
eu posso mesmo ser salvo?

*

acorda o pensamento
nas breves manhãs:
*te darei as flores.*
juro, acolchoado
no teu beijo tácito,
não serem do mal.

•

como estarei eu
farto de gigantes
ou de semideuses
se meu ritual
tão apoteótico
é ser teu mortal

•

sob os seus lençóis
vestimos o mito
de Psiquê e Eros
não temos segredos
você e eu ardemos

com gotas de vela

•

a língua do boy
é couro de boi
igual ao que Dido
de Cartago quis
demarca meu corpo
e reina sem súditos

## geologia

*para Guilherme*

primeiro o ar tímido —
depois a geologia do riso,
guiado por dois recôncavos,
e a voz rútila que lembra,
assim de relance puro,
o clarão depois da chuva.

é desejo pôr os pés áridos
na praia encharcada e vasta,
sem medo algum das prisões
que ameaçam as pegadas.

da boca se vê uma concha
que talvez guarde no íntimo
as pérolas de um instante
preso na fotografia.

da pele surge o calor
da massa mole, pão fresco
aos fins de tarde com gosto
de palpitação discreta.

o toque no outro chama
como canoa no mar

o vento por toda coluna:
“explore os meus continentes”.

não há medo do naufrágio,
cataclisma, seca infecunda,
se a geologia do teu corpo
refaz sob caracóis do peito
a recriação das coisas.

## o limiar das fendas

e como eu caminhasse
por aqueles pátios líquidos
de violência falada,
algo inesperado se via:

a fenda é o espaço
estreito no qual o fio
morte e vida termina.

a fenda é onde a luz
surge como lamparina
em oceano inexplorado.

dentro dela, recolhidos,
há enormes navegantes
com seus braços em desuso.

observam a imensidão
das águas, do céu, da alma
recostadas a mil vãos.

no submundo de feridas,
a ventania os obriga
ao abraço retilíneo.

não se cansam, porém,
de a cada jogada nova,
amontoarem-se todos:

há de se acreditar
no monte de vida que,
justo, romperá o limbo.

*

O boi de um olho só,
carcomido pela nau,
anda com suas pegadas
na areia da praia vazia.

A sua ornamentação
agora o confunde todo,
já que de seu continente
deixa-se cair o medo.

O boi de três patas só,
aniquilada por pólvora,
caminha mancando, pálido,
em busca de um repouso.

E não sabe, o bicho-base,
que custará mais uma pata
andante para que possa
desfrutar de tais idílios.

O boi de barriga aberta
não consegue impedir

a queda de sua matéria:
língua, tripa, ecos, ritmos.

Indispensáveis à raça,
à cultura e à nação,
o monstrengo que o feriu
recolhe e joga no mar.

O boi, couro e esqueleto,
só sabe murmurar, triste,
as cantigas ancestrais
das rodinhas que o criaram.

Urubus de estimação,
sobrevoando os impérios
da pele, do osso, esperam
morte do pobre boizinho.

O resto de sua carcaça,
antes de apropriada,
transforma-se em enigma.

O boi de agora espírito,
olhos e patas refeitas,
retorna até os confins
e mais uma vez recomeça:

sempre é tempo do boi.

[posfácio]

# ESCREVER SIGNIFICA MEXER COM FUNDURAS

*[...] deita teu perdão [...] sobre os homossexuais tontos de amor não dado, sobre as prostitutas seminuas, sobre [as] travestis da República do Líbano, sobre os porteiros de prédios comendo sua comida fria nas ruas dos Jardins. Sobre o descaramento, a sede e a humildade, sobre todos os que de alguma forma não deram certo (porque, nesse esquema, é sujo dar-certo), sobre todos que continuam tentando por razão nenhuma — sobre esses que sobrevivem a cada dia ao naufrágio de uma por uma das ilusões.*

CAIO FERNANDO ABREU, em *Zero Grau de Libra*, 1986.

Caio Fernando Abreu, no texto *Zero Grau de Libra*, dá voz a um sujeito que resolve chamar a atenção de Deus — se é que existe, na percepção dele — às mazelas sociais, individualizando-as a partir de situações cotidianas. Inquieto com o sofrimento ininterrupto daqueles *criados à imagem e à semelhança de Deus*, suplica, agora, que o olhar do Todo Poderoso não mais seja de castigo, mas de compaixão, esta de que temos nos esquecido sempre; que a justiça divina esteja para os excêntricos, enxergando-os, trazendo-os ao centro, perfazendo a máxima *quão bom e quão suave é que os irmãos vivam em união*. Há, é certo, um muro que nos separa enquanto sujeitos; é certo também que muitos têm se valido da figura de um deus conforme sua própria imagem e semelhança, como nos inquietou a personagem de Clarice Lispector, em "Mineirinho", ao trazer essa reflexão. Não mais tem nos interessado o mandamento máximo — amar ao próximo, porque temos construído um deus que legitima nosso crime particular.

*O limiar das fendas*, de Douglas Laurindo, nasce, certamente, da súplica *A poesia de cada dia/nos dai hoje*, instituída por Adília Lopes, autora portuguesa contemporânea aludida pelo autor, indicando que a Literatura é o meio pelo qual mais urgentemente podemos nos salvar. Decreta-se que a salvação fica, agora, destituída das vontades divinas, posto que sobreviver tem sido para os marginalizados — mulheres, bichas, travestis, transsexuais — a ação diária mais árdua; mais nos interessa agora tentar *ser, existir* do que buscar a salvação no todo poderoso, e, por isso mesmo, iconoclastas somos. Digo assim — somos — porque entendo que o fazer literário de Laurindo é um subterfúgio, o qual não individualiza, mas pluraliza, diversifica as experiências humanas, em toda a extensão dos termos. Somos as mulheres, as bichas, as(os) trans, as travestis, que unidas tecem o fio da vida, fortalecido pelas existências de agora e de outrora.

Não por acaso o poema "gênesis" remonta um cenário de formação e (des)construção de identidade, fazendo remissão à criação do mundo. O que se vê é a expulsão de *lilith* e *gael*, destituídos de sua condição humana, do espaço destinado à supremacia cisnormativa, porque eles subvertem os modos de viver e pensar estabelecidos. Nesses termos, o poema nos mostra que as relações de poder — as ideias do que é fato ou falo, do que é bom ou ruim, do que é certo ou errado, do que é sagrado ou profano — têm, desde que se pensou viver em sociedade, nos fragmentado e dado a nós apenas a possibilidade de viver no anonimato, silenciados e enclausurados. É ainda nesse poema que se denuncia a hipocrisia daqueles que, regulados pela religião, expulsam gael(éis) do paraíso, depois do prazer, é claro.

Antes de tratarmos de outros poemas, cabe aqui refletirmos sobre o não pertencimento associado à expulsão. Ser expulso, estar à margem, antes de tudo, é não ser reconhecido como parte da sociedade, "da raça humana"; é não ter os mesmos direitos civis — legais — daqueles que permanecem no "paraíso", legitimados pelas estruturas de regulação — família, igreja, governo e afins. Para além da violência simbólica e psicológica que envolve todos os poemas de *O limiar das fendas*, observa-se a denúncia à violência física que desintegra os corpos, deixando expostas as vísceras, de que se alimentam os urubus-homens. Esses são os corpos que não interessam ao Estado — tão bem representado no poema "hiena presidencial" —, vítimas, simplesmente, da violência urbana, a qual seleciona, de forma aleatória, os corpos pretos, indígenas, os corpos de Tibira, Dandara, Paulete, Esmael, Joana, Romana, Itaberli. Nossos corpos. Nossa gente, *entre pedras e detritos [...] um outro eu punido*. E a impunidade de cada dia não nos dai hoje, nem amanhã, nem nunca. Amém!

*O limiar das fendas* é um corpo-livro, corpo-palavra, corpo-a-corpo, assim, inteiro, não mais fragmentado. É o corpo que se reintegra, se refaz a partir das vozes que em uníssono esbravejam: chega; é também um corpo-erótico — desejo, sexo, gozo e prazer — que desbrava continentes e se afoga entre as pernas dos homens; é o amor entre *gael* e a voz lírica, os quais sugerem um corpo-território, deglutido pouco a pouco, em "animalia".

Para além das questões até agora levantadas, o livro nos apresenta ainda a construção da identidade de uma voz lírica consciente de que reconhecer-se como bicha é a revolução necessária para desfazer os estereótipos e preconceitos associados à sua existência. Distancia-se dos padrões impostos e assume *a dor e a delícia de ser o que é*, ao mesmo tempo em que, no "poema de cinco faces", questiona os fardos que lhe são colocados às costas, o risco de vida inerente à sua condição de bicha, como se *todos os dias metesse a cabeça dentro da boca do crocodilo* — para resgatar Adília Lopes, perquirindo um jogo bastante perigoso, que não a deve limitar, mas impulsionar a vir a ser. É chegado o momento de rasgar a capa.

Há ainda duas questões a ser aqui observadas. Como dito, o livro de Douglas é, desde o título, uma revolução, porque apresenta as violências a que os corpos andrógenos são submetidos; apresenta também a identidade como um fator de empoderamento e reconhecimento de si mesmo, além do amor entre *gael* e o eu lírico, que, performáticos como são, nos eleva, e nos permite o prazer, completo, digo. Mas há algo que sinto de forma diferente, que me traz um "alívio", não sei ao certo como nomear: uma voz lírica que não ignora a família que a constitui, registrando a presença do pai como elemento fulcral para construção não só da casa física que habita, como também da casa-corpo em que a própria subjetividade reside, como se verifica no poema "casa". É essa mesma presença que, adiante, representará o cuidado ao encher copo com café e pão, vista no poema "o filho pródigo", em que o retorno à casa dos pais é a busca por recuperar o que falta estando estes — mãe, pai e irmãos — distantes.

Por fim, caminhando para a finalização deste texto, e consciente de que muitas pontas ficaram soltas, evoco Adília Lopes, para nos perguntar: haverá, então, uma beleza que nos salve? Sugiro acreditarmos que a Literatura nos salvará, que esta, enquanto mecanismo de representação, poderá nos libertar dos horrores que se apresentam cotidianamente. A salvação a que Adília

Lopes se refere diz respeito ao compartilhamento da arte, a fim de fazê-la ecoar ao longe, cumprindo o papel de ressignificar a experiência vivida ou mesmo dar vazão a novas possibilidades de ser e existir. Convido a concluirmos que a Literatura se apresenta n'*O limiar das fendas*; que a Literatura de Laurindo é a possibilidade de enxergarmos para além frestas com as quais nos deparamos e nos limitam enquanto sujeitos; que esta Literatura-lamparina seja capaz de nos iluminar e nos colocar no centro das relações humanas.

**Rayesley Ricarte**
professor

■ primeira edição
■ setembro de 2022